그리고 그리다

그리고 그리다

초판 1쇄 인쇄일 2021년 6월 10일
초판 1쇄 발행일 2021년 6월 17일

지은이 강인호
펴낸이 양옥매
디자인 송다희 임흥순
교 정 조준경

펴낸곳 도서출판 책과나무
출판등록 제2012-000376
주소 서울특별시 마포구 방울내로 79 이노빌딩 302호
대표전화 02.372.1537 **팩스** 02.372.1538
이메일 booknamu2007@naver.com
홈페이지 www.booknamu.com
ISBN 979-11-6752-000-5 (03800)

이 도서의 국립중앙도서관 출판예정도서목록(CIP)은
서지정보유통지원시스템 홈페이지(http://seoji.nl.go.kr)와
국가자료종합목록시스템(http://www.nl.go.kr/kolisnet)에서
이용하실 수 있습니다.

그리고 그리다

강인호
네 번째 시집

책과나무

강병기, 오정님, 강인호, 이영희,

강문하, 김혜란, 강상구, 손희진,

귀한 사람들, 강유빈, 온유, 찬유,

하나씩 이름 불러주고 싶은 풀꽃들,

우리 곁에 다녀가는

세상 모든 인연들에게 감사하며…

차례

/ 2부 /

/ 3부 /

1부

몇 번의 생을

이 세상 누군가를 만나는 건
칠십억 분의 일 인연이라지요
이 나라에서 그대를 알게 된 건
또 오천만 분의 일 인연이고요

오늘 세 살 유빈이랑 산책길에
지나는 바람에도 수줍음 타는
토끼풀 나리꽃 초롱꽃 눈맞춤은
몇 번의 생을 건너온 인연인가요

유빈이는

유빈이는 나를 할버지라 부른다
할아버지라고 일러줘도 소용없다
할버지가 더욱 정겹게만 들린다
바른말 배우고 나면 섭섭해지리라

할버지, 유빈이가 지금 머하고 있어?
반말하면 안 된다 해도 소용없다
내겐 더욱 가깝고 살갑게만 들린다
존댓말 배우고 나면 서운해지리라

유빈이의 사랑 셈법

유빈이는 할버지 꺼

할버지는 할머니 꺼

할머니는 아빠 꺼

아빠는 엄마 꺼

이것은 다섯 살 유빈이의

사랑 셈법이다

유빈아

세상 모든 아름다움

다 네 꺼 하고 살아라

차마 부끄러워

안녕하세요 무주 할머니 사랑해요
고향집 전화 걸어 유빈이 귀에 대고
귓속말 하면 그대로 따라 얘기하고
시키지도 않았는데 어디서 배웠는지
일나뷰 두 손으로 하트 만든다

차마 부끄러워 말하지 못했던 사랑
증손녀 통해 수줍게 전해드리는 걸
행여 엄마가 눈치채신 건 아닐까
그래 할미도 유빈이 많이 사랑한다
엄마 목소리 전화기 너머로 들린다

그래 그러자

할버지는 강인호 강

아빠는 강문하 강

나는 강유빈 강(姜)이네요

이제 엄마는 강김혜란

할머니도 강이영희 해요

그래 그러자 이 세상 와서

한 가족 인연이 되었으니

한 줄기 강(江)으로 흐르자

엄마에겐 아이가

아이는 진달래꽃을 찍고

엄마는 그런 아이를 찍는다

엄마에겐 아이가 꽃보다 이쁘다

유빈에게

왜 이제는 시를 적지도

노래를 부르지도 않느냐고

초롱한 눈빛으로 네가 묻는다

세상 어떤 단어로도 적을 수 없고

세상 어떤 선율로도 노래할 수 없는

네가 가장 아름다운 시와 노래란다

봄아 어서 와라

아직은 어린냥

다섯 살 유빈이랑

호수공원 꽃구경 가게

봄아 어서 와라

아직은 배냇짓

이제 세 달 온유에게

연둣빛 새순 보여주게

봄아 봄아 어서 와라

어서 와라 봄아

유빈이랑 온유랑

손잡고 안고 업고

사진 담으러 가게

온유도 우리랑

아름다운 사람

아름다운 세상에 온

아름다운 날을 축하해요

그 많은 사람 중에

어쩌다 우리에게 왔는지

인연 되어주어서 고마워요

엄마와 아빠 착하고

유빈 누나 저리 어여쁘니

온유도 우리랑 행복하기를

온유의 노래에는

무어라 옹알이하는 온유의 노래에는

할아버지의 할아버지 아주 먼 옛날

백제 적 할아버지의 얘기도 남아있고

무어라 미소 짓는 온유의 얼굴에는

할머니의 할머니 아주 오래전 옛날

고려 적 할머니의 웃음도 배어있어

육이오 때 돌아가서서 뵌 적 없는

할아버지의 모습도 남아있으려나

가만히 들여다보곤 하는 것이다

사냥해

종일 할아버지를 기다려 종종거리고
동동거리던 온유는 세 살 어릴 적에
할버지도 아니고 하지라고 부르더니

자다가 깨어 앵앵 방구나 뿡뿡 찬유는
제 누나 유빈 잠자리 인사 따라와서는
사랑해 하는 소리를 사냥해라고 하네요

그래요 하지 할미 가슴을 사냥해서는
그 맑은 눈에 가둬버린 세 살 찬유야
커서 어른이 되어도 잘 간직해 주어요

예쁜 단어

이제 말을 배우는

세 살배기 찬유는

단어를 동그랗게 굴리는 재주가 있다

힐미니는 하녀니가 되고

할아버지는 하저지가 되고

형은 허엉이 된다

하녀니의 해버퐁으로

뽀로로 대신 뽀워어를 보며

햄버거 대신 햄머어를 먹는다

더러 알아듣지 못해 몇 번이고 물어보면

입 삐쭉 찬유는 콧소리로 시쿵시쿵거리고

세 살 많은 허엉이 중간에서 해석해준다

체리가 아닌 체예 레몬이 아니 내맘

사과가 아닌 하가를 먹어도 좋으니

앞으로도 예쁜 단어 많이 만들어주거라

따라가 보면

느티나무 그늘 아래 살랑살랑
할머니의 부채를 따라가 보면
곤하게 잠든 손자가 보입니다

걱정스럽고 사랑스러워하는
엄마의 눈길을 따라가 보면
아장아장 걸음마가 보입니다

어스름 내리고 풀벌레 우는
내 마음 산책길 따라가 보면
그대의 뒷모습이 보입니다

가지치기

전깃줄에 걸리는 나무
가지치기를 하면서
까치집 있는 나뭇가지
그대로 남겨두었네

어린 아기를 키우는
사내였나 보다

사랑이란

사랑이란 그런 것이다

말라비틀어진 늙은 줄기
덩치가 산만 한 호박에게
아직도 젖을 물리고 있다

죽은 줄도 모르고

베어져 드러누운 나무가

연둣빛 새싹을 키웁니다

자기가 죽은 줄도 모르고

새싹에게 젖을 먹입니다

철조망

비바람 몰아쳐도 가시 달린 철조망

제 몸 휘감고 피어난 연보라 나팔꽃

여린 꽃잎 하나 다치게 하지 않는다

내게 온 꽃은

내게 온 꽃은 가슴으로 받아요

마른 꽃 아무 데나 두지 않아요

지는 꽃도 밟지 않게 조심해요

꽃들에게 예의를 지켜야 해요

제주 4 · 3평화공원에서

너븐숭이에선 아기가 죽으면
죽었다고 말하지 않는단다
죽으면 만날 수 없는 거니까
저세상에 노냥갔다고 한단다

언제 끝날지 모를 술래잡기에
돌아오지 않는 아기를 기다려
기다리고 기다리다 죽어서야
저세상에 만나러 갈 거란다

살았으면 이제 일흔도 넘었을
할망 하르방이 좋아나 하겠는지
돌무더기 아기 무덤 앞에 누군가
곰 인형에 귤 하나 놓아두었다

아무나 못하는

젖을 물리고 새끼의 등을 핥아주는 거
아무나 못하는 일 에미니까 가능한 일

가지 휘어지도록 열매 매달고 있는 거
아무나 못하는 일 어미니까 가능한 일

평생을 품다가 죽어서야 내려놓는 거
아무나 못하는 일 엄마니까 가능한 일

아무리 애써보아도 사내들은 못하는 일
아무나 못하는 일 사랑이라 가능한 일

이 모진 가뭄에

이 모진 가뭄에
물 한 방울 아끼려고
나뭇잎이 제 몸을 말아
스스로 떨어지는 걸
뿌리는 알까

이 독한 가뭄에
물 한 방울 찾으려고
캄캄한 땅속뿌리가
밤낮으로 애쓰는 걸
잎들은 알까

실내 화분에게 미안함

창밖엔 며칠째 장마 빗소리

목마르다 말을 하지 못하고
잎이 마른 꽃나무의 속마음을
헤아리지 못하는 무심함이라니

밥은 제대로 챙기고 다니느냐

제주도 돌담

제주도 화산석 패었거나 구멍 뚫려있고
거뭇한 돌담 틈새 있어 바람 들고 난다
제주도 여인네 가슴에도 구멍 숭숭하리
그 구멍으로 거센 바닷바람 흘려보내고
무너져 무너있지 않고 가시듬 키워으리

2부

저 달님처럼

이지러졌다 가득해지며

수천만 년

지구를 맴도는 저 달님처럼

제 마음도

그대 곁 삼십 리 밖을

떠난 적 없답니다

배롱나무

행여 당신

오시는 길 잃으실까

온몸 가득

꽃등불 내달았답니다

행여 당신

못 보고 지나치실까

백 일 동안

불 밝혀둘 작정입니다

내 마음의 정낭

내 마음의 정낭은 이제 오직

그대에게만 열어두겠습니다

봄소식

시열네 부모님 가신 지 마흔 해
시열네 가족들 떠난 지 서른 해
시열네 기와집 무너진 지 스무 해
이제 너무 늙어서 겨우겨우 피운
시열네 살구나무 올해 꽃소식은
고향집 다녀온 내가 대신 전하네

송골재 넘어 국민학교 가던 길가
시열네 보리밭 지저귀던 종달새
아버지 쇠꼴 베던 샛골 우리 논
심심해져 생각난 듯 울던 뜸부기
이젠 오지 않는 제비의 무소식도
고향집 다녀온 내가 대신 전하네

꽃 피면 소식 달라고

남설악 굽이굽이 한계령 길 칠십 리
연둣빛 숲에 번지던 산벚꽃 연분홍빛
가슴에 스며들어 여태 지워지지 않네

염소 키우던 할아버지 돌아가셨을까
초롱초롱 까만 눈빛 어린 염소에게
꽃 피면 소식 달라고 부탁해 둘 것을

해마다 연두 봄빛 깊어지고 짙어지면
올봄에도 연분홍빛 번져가고 있을까
오래전 추억 꺼내어 마음만 보내보네

내 안에 당신도

벗나무에는 눈부시던 흰빛이
살구나무엔 수줍은 분홍빛이
며칠 소리 없이 머물다 갔다

이제 애틋한 연둣빛이 와서
한동안 머물다가 떠나리라
내 안에 당신도 그러하리라

칸나야 부겐벨리아야

머나먼 섬나라 인도네시아

낡고 해진 옷의 묘비 닦던 아줌마

새벽 골목길 리어카 행상 아저씨

돌아와서도 눈에 밟히는 것은

저들도 마흔 해 넘기기 전에

이 세상에 없으리라 안쓰러운 때문

길가 담장에 붉게 곱던

칸나야 부겐벨리아야

오래 피어 저들 고단한 삶 위로해 주렴

봄꽃과

얼마나 내가 못된 사내인지
저 하얀 목련꽃은 모를 거다
벚꽃도 눈치채지 못할 거다

얼마나 내가 십 년 사내인지
꽃다지는 까맣게 모를 거다
제비꽃도 생각지 못할 거다

행여 속마음 알면 어떡하나
부끄러움 들키지 않으려고
봄꽃과 눈 마주치지 않는다

송골재 다랑논

서너 평도 안 되는 송골재 다랑논
황소 같던 석철이 형 작년에 죽고
뻐꾸기랑 산비둘기 모를 심는다

뻐꾹 뻐꾹 구구 구우 종일 심어도
아직도 그대로인 텅 빈 다랑논에
산그림자 내려와 바람에 일렁인다

봄밤입니다

달빛 아래 부끄러운 줄도 모르고
목련꽃 가슴을 여는 봄밤입니다
창가 뜰 앞 다 늙어버린 매화가
솔솔 향기 보내오는 봄밤입니다

누굴 부르는지 소쩍새 울음소리
끊어질 듯 이어지는 봄밤입니다
물소리 바람소리 맑은 달빛까지
그대에게 부쳐주고픈 봄밤입니다

늦은 봄 깊은 밤

봄꽃은 꿈들을 땅속에 묻었을까

구름들은 천둥소리 숨겨두었을까

풀벌레는 가을소리 연습하고 있을까

덕유산 노루들도 이제 잠들었을까

그 시절 냇물들은 바다에 닿았을까

이런저런 생각에 잠 못 들어 뒤척이는

늦은 봄 깊은 밤 창밖엔 봄비 소리

봄님아 잘 가 여름씨 안녕

넝쿨장미 울타리 너머로

흰나비 한 마리 날아가네

녹색 짙어진 나뭇잎 사이

햇살 내려와 어른거리네

머잖아 매미 울음소리가

산책길에 가득 쏟아지리

봄님아 잘 가, 여름씨 안녕!

무어라고 저리

언젠가 같이 거닐었던 시흥 관곡지

연잎에 내리며 속살거리는 빗소리

무어라고 지줄대는 그대 얘기인 양

쪼그리고 앉아 듣는 여름 낮입니다

무어라고 저리 애달피 울어쌓는지

별아산 어둑한 숲속 소쩍새 소리

행여 내게 못다 한 말이 남았던가

가만히 귀 기울이는 여름밤입니다

안국사 가는 길

안국사는 산안개 위에 떠 있습니다
올려다보면 아직도 갈 길 아득하고
돌아다보면 올라온 길이 아득합니다

바람은 나뭇잎을 온몸 뒤집어놓고
산안개 비를 뿌리며 스쳐 지나가고
산 뒤에 산들은 겹겹이 첩첩합니다

오래전 이 산자락 찾았던 사람들은
무슨 사연 있어 여기까지 온 것일까
안국사는 산안개 위에 떠 있습니다

다음엔

이슬과 햇살 머금어 꽃을 피우고
바람과 빗물 머금어 열매 키웠네
물소리 바람소리 새소리 벌레소리
밤에는 별들의 속삭임을 엿들었네

애벌레 먹이로 한쪽 내어주고
나머지도 이제 바래고 해어졌네
숲속의 가인 자작나무에 태어나서
나뭇잎 한해살이 이만하면 족하지

다음엔 저기 저 산벚나무
연둣빛으로 오고 싶네만
그대 생각은 어떠한지

짧은 가을해 지다

해가 서산마루에 연처럼 걸렸다가
어느새 꼴딱 넘어가고 나서도 한참
어스름이 동네 골목에 내려 깔리면

자기 데려가기를 까맣게 잊어버린
어린 주인을 부르느라 염소 한 마리
음메~ 음메~ 애달픈 울음 울고 있다

풀벌레에게도

매미 소리 희미해지자
또렷해지는 풀벌레 소리

우리에겐 너무 길었지만
매미에겐 너무 짧은 여름

머잖아 찬 서리 내릴 테니
풀벌레에게도 가을은 짧으리

저 의자도

여름내 등 굽은 할머니에게
몸을 내어주던 낡은 의자에

단풍 든 나뭇잎들 찾아와
늦가을 햇살을 쬐고 있다

함박눈 내려와 머물다 가면
저 의자도 한 해 더 늙으리라

미안해서

그 벌레들은 돈도 안 내고
나뭇잎 먹는 게 미안해서
아름다운 무늬를 그리면서
조금씩만 갉아 먹는답니다

그 새들은 집세도 안 내고
살림을 차린 게 미안해서
아침저녁으로 고운 노래를
한참씩 불러 주곤 한답니다

그들처럼

꽃잎이 아프면 어떡해
동그랗고 작게 몸을 말아
떨어지는 빗방울처럼

나뭇가지 부러지면 어떡해
저 자신을 어쩌지는 못하고
미안해하며 부는 바람처럼

나뭇잎이 죽으면 어떡해
한 잎에서 조금만 파먹고
다른 데 옮겨가는 벌레처럼

괜찮아 괜찮아

나뭇가지에 바람 스쳐가며
미안해 미안해 그럽니다
아니야 아니야 가을이잖아
나뭇잎 떨어지며 그럽니다

풀잎 위에 서리 내려오며
어떡해 어떡해 그럽니다
괜찮아 괜찮아 가을인데 뭐
풀잎이 시들며 그럽니다

늦은 퇴근길에

왼쪽으로 얼마쯤 기울어진 어깨
구부정한 등허리에 고개 숙이고
근심 걱정 두어 말 이고지고 가는

덕유산 내 고향 뒷동산에 가면
저 초라하게 정겨운 뒷모습 닮은
늙은 소나무들이 더러 서 있다

도로 데려다 달라고

섭지코지 가는 길에 표선 앞바다
소라고둥 빈껍데기 하나 주워왔다

눈 감고 가만히 귀 기울여 들어보면
파도 소리며 바람 소리가 따라왔던가

그 바당 도로 데려다 달라고 투정이다

어쩌자고 1

지나는 소나기에 마실 나온 지렁이
몇 마리 개미에게 쫓겨 몸부림치며
달아나는 게 하필 개미떼 쪽이라니

어쩌자고 산다는 게 저 보양인가
가던 발길 멈추고 오래 바라보네

어쩌자고 2

죽은 매미 물고 가느라

다른 개미들 열심인데

어쩌자고 저 개미 혼자

떨어진 꽃잎만 맴도는가

어찌 살다 갔는지

서소문로 골목길 남원추어탕에서
메기탕을 먹고 나오는 길에 마주친
수족관 안 메기의 순한 눈빛이라니

어린 시절 극내를 피에서 달이니던
새청거리 메기는 어찌 살다 갔는지

우산도 없이

참새도 오지 않는

가을걷이 끝난 들녘

허수아비 혼자

우산도 없이 비를 맞네

3부

견딜만하니?

그대를 여기 두고 가기 싫어
울먹이며 뒤돌아보다 기어이
붉은 속울음 삼키며 넘어가는
서녘 하늘 노을에게 묻는다

사랑아, 이제 좀 견딜만하니?

나 혼자 어둠 속으로 가기 싫어
골목길 서성이며 투정부리다 겨우
발걸음 떼며 쓸쓸한 뒷모습 보이는
덕유산 초저녁 어스름에게 묻는다

그리움아, 이제 좀 견딜만하니?

그리움아 너는

앞산에 산비둘기 구구 구우
온종일 짝을 부르는 봄이 와도
그리움아 너는 어디 먼 데 가서
다시는 돌아오지 말거라

뒷산에 진달래꽃 붉게 피어
온 산을 물들이는 봄이 와도
그리움아 너는 어디 꼭꼭 숨어
다시는 나타나지 말거라

내 그리움은

물가 외따로 서 있는
포플러나무 같으리
나무 끝에 걸린 한 조각
뭉게구름 같으리

구름 흘러가는 서녘 하늘
노을빛 같으리
산그림자 내려오는 마을
어스름 같으리

어둑해진 숲속 소쩍새
울음소리 같으리
종일 그대를 떠나지 못하는
내 그리움은

그리움의 넋두리인 양

가기 싫다 칭얼거리는 거 안쓰러워
나는 서녘 하늘 노을 바라보지 않고
초롱초롱 맑은 눈빛 차마 부끄러워
나는 어스름 샛별 바라보지 않는데

오늘 원당역에서 집에 가는 빗길
무어라 주절대는 빗줄기 혼잣말은
천천히 걸으면서 귀 기울여줍니다
그리움의 넋두리인 양 들어줍니다

사랑이어도 사랑 아닌

그 사람 생각만으로도

괜히 눈물 나지 않으면

외롭고 쓸쓸하지 않으면

사랑이어도 사랑 아니다

그 사람 이름만으로도

아프고 힘들지 않으면

가슴 시려오지 않으면

사랑이어도 사랑 아니다

오늘 하루

씩씩하게 살아 낸 나는

사랑이어도 사랑 아닌

사랑을 가졌었나 보다

마음에게

예전엔 몸이 저 먼저 달아나며
어리고 여린 마음 애태우더니

이젠 마음이 저 혼자 앞서가며
몸에게 어서 오라고 채근이네

마음아!
착해진 몸 좀 데리고 다니렴

마음들은

소낙비 개어 우산 잊어버리듯

어디 두었는지 기억나지 않는

미처 챙겨오지 못한 마음들은

지금 어디서 잘 지내는지 몰라

주먹 쥐어도 모래 새어 나가듯

자꾸 달아나기만 하던 마음들은

나가서 돌아오지 않던 마음들은

지금은 어디를 떠도는지 몰라

내 마음아 너는

날아간 새들 돌아오지 않고
져버린 꽃 다시 피지 않아도
내 마음아 너는 슬퍼하지 마

약속할 수 없는 날들이어노
기다림마저 잊은 세월이어도
내 마음아 너는 아파하지 마

지치고 힘들고 고단해도
그만 내려놓고 싶을 때에도
내 마음아 너는 주저앉지 마

그대는

언젠가 내가 빗방울 되어
그대 옷깃 적시며 웅얼거려도
빗방울은 원래 그러는 것
그대는 마음에 두지 마셔요

언젠가 내가 바람이 되어
그대 곁에 맴돌며 서성거려도
바람은 원래 그러는 것
그대는 마음에 두지 마셔요

빗방울은 혼자서 웅얼거리고
바람은 맴돌며 서성거리는 것
원래 저 혼자서 그러는 것
그대는 마음에 두지 마셔요

살구꽃

썼다 지우고

그렸다 지우고

부치지도 못하고

하얗게 바래버린

분홍빛 꽃편지지

서울숲에서

저런 엉큼한 나무 그림자라니
비껴드는 오후 햇살을 핑계로
서울숲 얌전한 조각상 여인네
가는 허리 깊숙이 껴안고 있다

누구누구의

저 수많은 별빛들은
다 누구의 슬픔일까

저 많은 풀벌레 소리
다 누구의 아픔일까

저 많은 물소리들
다 누구의 속삭임일까

저 많은 산길들은
다 누구의 기다림일까

저 소쩍새 울음은
누구누구의 그리움일까

그대 없이도

남녘엔 벌써
매화 피었단 소식
그대 떠나고 첫봄

물가 버들개지
여리고 맑은 눈망울
그대 없이도 다시 봄

제 가슴엔 이제

같이 보던 노을빛도 사그라지고
그 바다 물결 푸른빛도 희미해지고
그대 좋아하시던 보랏빛도 지웠지요
제 가슴엔 이제 연둣빛만 남았어요

곱다시던 미소는 잊은 지 오래
미움도 한숨도 멀리 떠나보내고
기다림도 어느새 아득해졌지요
제 가슴엔 이제 그리움만 남았어요

그 풍경만

복사꽃 밭에 노을이 비껴
가슴이 다 붉어지더라고
미소 수줍던 사람도 가고

배꽃 밭에 달빛이 번져
고요한 눈세상이더라고
눈빛이 곱던 사람도 가고

해마다 이렇게 봄이 오면
복사꽃 붉고 배꽃 하얗던
그 풍경만 내게 남아있다

때문 1

어제는 툭툭 빗소리를 들으며

오늘은 쓸쓸 풀벌레 소리 들으며

혼자 가는 밤길 외롭지 않은 것은

그 소리 넝신에세도 찾나짔ᄋᆖ디라

그 소리에 당신도 외롭지 않으리라

혼자 생각해보고 믿어도 보는 때문

때문 2

고단하고 늦어진 퇴근길에도
화정에서 마을버스 타지 않고
원당역에 내려 걸어가는 것은

동산 위로 달님이 보이는 때문
소쩍새 풀벌레소리 들리는 때문
코스모스 달맞이꽃 피어 있기 때문

사실은 나 혼자 걸어가는 밤길에만
그대 생각 가만가만 따라오는 때문

내 말 듣지 않은 지

그대에게로만 향하는 철없는

마음 길 거두어버리기로 한다

그대에게로 열려있는 마음 문

이제 그만 닫아걸기로 한나

아니 그러지 못할 게다 마음은

내 말 듣지 않은 지 오래됐다

때때로 산다는 것이

때때로 산다는 것이 어쩌면
슬프고 쓸쓸한 영화만 같아
되돌려보면 거기 흑백으로
희미하게 웃는 당신이 있다

때때로 산다는 것이 어쩌면
이해되지 않는 소설만 같아
되돌아가 펼쳐본 갈피에는
잊혀진 이름의 당신이 있다

남해 금산 보리암 동백꽃 붉어도
시흥 관곡지 연꽃 다시 수줍어도
한 번 간 사람은 돌아오지 않는다

언제 철들 거냐고

젊은 날 내 사랑은 가난하여서
풀꽃 피어있는 줄 모르고 누워
팔꿈치에 풀물 들여오곤 했는데

이젠 풀꽃 고운 모습 다는다고
아무 데나 엎어져서는 팔꿈치에
풀물 묻혀오곤 하는 것이어서

제 치마에 풀물 들이던 기억을
잊어버린 집사람 날 나무라네
도대체 철은 언제나 들 거냐고

안쓰럽고 애틋해하는

드라마 보다 말고 안됐다고 혀를 차고
책 보다 말고 딱하다고 눈시울 붉히고
병치레 친구 얘기하다 말고 훌쩍거린다

안쓰럽고 애틋해하는 마음이 시라면
집사람은 눈물과 한숨으로 시를 쓰고
나는 머리 쥐어뜯어 손으로 적는다

남산제일병원에서

아랫밭 붉어가는 고추 눈에 밟히고
송골재 산밭 엄마 노래 귀에 밟힐까
동해바다며 불영계곡 외면하였더니

밀리오레 커피 하나에 소보루 두개
조운 시 구룡폭포에 가슴 적시다가
어둔 밤 창밖 빗소리에 귀 기울였네

긴 복도 끝으로 가만가만 걸어와서
아픈 사람 꿈자리까지 다독여주시던
간호사님! 휴가 잘 보내고 갑니다

그들의 사랑에는

늦은 밤 버스 타고 녹번 지나는 길에
봄날이라는 여관 불빛이 멀리 보인다
그 옛날 오류동 지나는 전철에서는
늘봄 여인숙 불빛이 보이곤 했었다
봄빛 연둣빛 그런 이름은 없는 건가

사랑하는 사람들은 행여 남이 볼까
그 불빛 속으로 숨어들어 가곤 한다
천지간에 봄빛 가득한 산과 들에서
사랑 나누는 나비 풀벌레는 좋겠다
그들의 사랑에는 부끄러움이 없다

애잔히 쓸쓸한

여직 짝을 찾지 못한 걸까
늦가을 햇살에 졸고 있는
고추잠자리 해어진 날개

머잖아 찬 서리 내릴 텐데
열매나 맺을 수 있으려나
이제서야 피어나는 호박꽃

안타깝고 안쓰럽기도 하지
날마다 희미하게 멀어지는
애잔히 쓸쓸한 풀벌레 소리

미안해요

그대 떠나고도 하얀 억새꽃
연분홍 피고 지는 살구꽃에
눈길 빼앗긴 적 있었어요
미안해요

그대 보내고도 먼 산 뻐꾸기
뒷동산 소쩍새 울음소리에
마음 기울인 적 있었어요
미안해요

그대 없이도 가을이 가고
겨울 봄 지나고 여름 건너
가을이 다시 오고 있어요
미안해요

달자요

풀벌레를 풀절레라 적더니
이젠 잘자요를 달자요라고
적곤 하는 내 손가락이여

그래요 오늘은 그냥 달사요
저 달님처럼 맑고 고요하게
잘자요, 아니... 달자요

비로소

낮이나 밤이나 외줄기
내 마음의 전깃줄은 늘
그대에게로 흐르지만

그대가 불을 켤 때만
비로소 등을 밝힌다

4부

두 여인

그 여인을 만난 건 고창읍성에서였습니다
이른 아침 혼자서 하늘이며 구름이며 바람
나뭇가지 사이 비껴드는 햇살을, 카메라에
담으며 천천히 걸어 내려오던 길이었습니다
마치 밭일이라도 나가는 시골 아줌마처럼
그 여인은 휘적휘적 내게로 다가왔습니다
서울서 여까지 영화 찍으러 오셨는게라우
참 잘생기셨어라우 밥을 못 먹어 그러니
천 원짜리 한 장만 적선하시고 가시라우
돈을 받아 든 그 여인은 또 다른 이에게
부지런히 다가가서 똑같은 말을 하다가
거기 살림집 몰래 만들어두기라도 했는지
옥사 담장 뒤로 돌아가는 것이었습니다

그 여인을 만난 건 시청 앞에서였습니다
건널목 건너 올리브영인지 김밥천국 앞에
마치 기도라도 드리는 것처럼 다소곳이
두 손 가슴에 모으고 가만히 서있는지라
한동안 그 여인을 알아보지 못했습니다
어느 땅거미 어스름 퇴근길이었습니다
배가 고파서 그러니 좀 도와주십시오
잘못 들었나 하고 몇 발짝 걸어가다
놀라 돌아보고 그녀에게 다가갔습니다
들릴 듯 말 듯 작은 목소리에 수줍어
어찌 먹고 사는지, 돌아가서 고단한
몸을 뉘일 좁은 방이라도 있는 건지
버스를 타고 자꾸 돌아다보았습니다

무주 다녀오는 길에

1. 산안개

고개 넘어서니 산안개 달려들더이다

창문 급히 올렸지만 소용없는 일이외다

산안개 풀벌레 소리 차 안에 밀려들어와

내 가슴속에도 이미 가득 차 버린 것을

2. 덕유산아

산아 큰 산아 덕유산아 너는 좋겠다

산안개가 감싸주고 안아주어 좋겠다

산안개는 덕유산에 그림 그리는 중

산수화 수묵담채화 그리는 중이외다

3. 안성시장에서

나도 모르게 젖가슴 훔쳐보았나이다
채소가게 아줌마 배추 담아줄 때마다
출렁이는 젖가슴 들여다보이더이다
젖 물려 다섯 키우신 자랑스런 젖가슴

4. 송골재

어릴 적 학교 오가던 시오 리 길이외다
소나무 숲에 솔바람 소리 끊이지 않아
옛사람들 송골재라 불렀다고 하더이다
여수바우 모퉁이 돌무덤 애장터를 지나
멀리 에돌아 사라지는 산길 보이나이까

5. 작은 소년

그 산길에서 바라본 남덕유산이외다
하루에도 몇 번씩 산 빛깔이 바뀌고
계절마다 뭉게구름 산안개 하얀 눈을
머리에 이고 허리에 두르고 있나이다

이른 아침 이슬 밟으며 학교에 가고
빈 도시락 덜컹덜컹거리며 돌아오던
까맣고 작은 소년 하나 보이나이까

6. 마을엔

정자나무가 있는 마을 입구 풍경이외다
서녘 하늘에 노을 지고 어스름 내려오면
마을엔 저녁 짓는 연기 오르곤 했나이다
우리 집은 나무에 가려 보이지 않나이다

7. 들녘의 풍경

한평생 부모님께서 농사를 지어오신
우리 논이 보이는 들녘의 풍경이외다
어미소 풀을 뜯기고 쇠꼴을 베어 오고
가을엔 볏단 세우며 메뚜기 잡았나이다

8. 작은 개울

미꾸라지 다슬기 잡던 작은 개울이외다
장마가 개이면 반딧불이 어지러이 날고
저 작은 징검다리 건너던 추억 너머에
빨래하던 엄마 고운 모습이 있나이다

9. 덕유산 품

산날망 높은지라 넘어가지 못하고
산허리로 돌아가는 구름도 있나이다
멀리서 바라보면 아늑하기만 하지만
안으로 들면 그 품이 넓고 깊나이다
수많은 생명들을 낳아 품어 기르고
수많은 계곡들을 숨겨두고 있나이다

10. 어두워지면

어스름 천천히 산을 내려와서
마을을 덮고 들을 덮었나이다
개울물 소리 내 가슴을 헤집고
품으로 파고들며 칭얼대나이다

숏~적쩍 소쩍새 울고 있나이다
쓸쓸쓸 풀벌레 소리 들리나이다
사랑하는 별님 몰래 만나려는지
구름 속으로 달님 숨어드나이다

어두워지면 산들도 잠을 자나이다
지아비 어깨에 지어미 산이 기대고
큰 산이 작은 산을 꼬옥 품어 안고
밤 깊어지면 산들도 잠을 자나이다

몽골 다녀오는 길에

1. 저 순한 것들

홉스굴호수 가는 길 이 차선 포장도로
종종거리며 장난치는 어린 까마귀들
건너갈까 말까 망설이는 겁쟁이 마못
길 한가운데 멍하니 어미소의 눈망울
몽골 초원에 아직도 많이 남아있는
속도에 적응하지 못한 저 순한 것들

2. 골목길 언덕

어린 자매 손수레에 물 길어 오는 길
아기 업은 엄마 쌀 한 봉지 사 오는 길
등 굽은 할머니 쉬엄쉬엄 올라오는 길

긴 그림자 끌고 걸어오는 어스름을

강아지 혼자 마중 가는 골목길 언덕

머잖아 초롱초롱한 별빛이 내려오리

3. 오늘 밤이

구름 가득해 보이진 않지만

오늘 밤이 보름달인가 봐요

바닷가에 밀물 들어오듯이

그대 생각 가슴에 가득 차요

4. 몽골 초원에서

덕유산 샛별이며 북두칠성이

몽골 초원 하늘까지 따라왔네

서른 해 전 잃어버린 은하수는

여기 와 강으로 흐르고 있었네

5. 나는 차마

지렁이도 죽이지 못하시던 엄마는
공부하던 애들 외지에서 돌아오면
당신은 입에 대지도 않는 암탉을
우물가에서 손수 잡곤 하셨습니다

당신이 모이를 주어 키우던 암탉이
마지막 숨을 쉬며 죽어가던 눈빛을
바라보았는지 차마 외면했었는지
나는 아직도 물어보지 못했습니다

우리에서 다리를 잡혀 나온 양은
자신의 죽음을 예감이라도 했는지
이리저리 뒤척이며 돌아누울 뿐
울음소리를 내지 않는 것입니다

피 한 방울 흘리지 않고 잡는다고
몽골 초원 아저씨는 자랑이었지만
순한 양의 슬프고 애절한 눈빛을
나는 차마 바라보지 못했습니다

흑백사진 속에는

흑백사진 속에는

조금만 놀다 와라 금방 오너라

해거름 사립문 밖 나와 계시던

지금은 안 계신 할머니

나지막한 목소리도 들려오고요

흑백사진 속에는

아프지 말거라 그만 자거라

등잔불 아래 이마 짚어주시던

이제는 늙으신 엄마

걱정스러운 그림자도 어른거리고요

흑백사진 속에는

나는 커서 무엇이 될까

저 혼자 어둑해지고 깊어지던

이젠 세상으로 너무 멀리 걸어 나온

어린 시절 내 모습도 보이고요

개띠

주인은 세상모르고 깊은 잠들고
먼 데 개울물 흐르는 소리 가깝다
시월 중순도 지나 밤 서리 차갑고
잦아드는 풀벌레 소리 애처롭겠다

사위어 가는 달빛 마당에 내리고
처마 그림자 드리워 고요했겠다
적막한 밤 어찌 생각 깊지 않으랴
외롭고 쓸쓸한 맘 들기도 했겠다

그 긴 밤을 혼자 깨어 집 지키고
새벽 다가오니 힘겹기도 했으리
돌아다니기 좋아하는 성미 접고
어찌 속앓이하지는 않았겠는가

어릴 적 강아지란 별명 지당하고

자랄 적 미스 강 별명 마땅찮다

개 주제에 눈빛 부드럽지 않으니

사랑받기는 애당초 글렀을 게다

부지런함이야 누구에게 졌겠는가

나이 든다고 어디 내어다 버리랴

늦은 시간 혼자서 사무실 지키다

내 한심한 운세를 들여다보았다

산밭 가는 길

지나칠 적마다 머리 쓰다듬어 주시던
건넛마을 문기네 아버지 잘 계시는지
취하면 논둑 밭두렁에서도 주무시던
종대 아저씨 이제 술은 끊으셨는지

상엇소리 구슬프던 쌍군이 아저씨
저세상 가서서도 노래 부르시는지
햇살 좋은 봄날 동네 사람들 모여
어디 화전놀이라도 다녀오시겠는지

송골재 너머 산밭 가는 길 무덤가
멧새 소리에 진달래꽃이 한창이네

윗집 할머니

윗집 할머니가 돌아가셨다

전기세 나가는 것도 아까워라
해 지면 자고 해 뜨면 일어나
평생 산으로 들로 다니시더니

저세상엔 밤낮으로 깜깜할 텐데
지팡이 삼아 끌고 다니던 보행기
어쩌자고 이 세상에 두고 가셨나

웬일인지 빵이 다 먹고 싶다고
내일 만물상 오면 일러달라더니
밤새 주무시다 혼자 돌아가셨다

학봉이 형 엄마가 돌아가셨다

빈집 저 혼자

지난해 윗집 할아버지 돌아가시고
지난달 할머니도 세상 떠나시더니
빈집 우편함에 고지서만 쌓여가고
낙숫물 소리는 또~옥 똑 여전하다

이젠 아무도 찾아오지 않는 집
어두워져도 불이 켜지지 않는 집
부엉이 소리에 달빛만 쌓여가는 집
빈집 저 혼자 쓸쓸하게 늙어가겠다

당신을 닮은

맑고 재잘거리는 개울은
마음 먼저 달려가느라고
산새 소리도 듣지 못하고
들꽃과 눈맞춤도 못한다

강에 이르러서야 개울은
비로소 넓어지고 깊어져
가슴속 바닥 감출 줄도
산그림자 품을 줄도 안다

멈춘 듯 천천히 흐르며
무심한 듯 먼산바라기에
눈매 순해진 당신을 닮은
고요한 저 강물이 좋다

가슴속 잡풀들은

잠깐 다른 데 다녀온 것뿐인데
잠시 마음을 비워둔 것뿐인데
개망초꽃 소리쟁이 쇠스랑개비
잡풀들이 내 가슴을 점령했다

나이 들수록 키 작아지는 엄마
가슴속 잡풀들은 다 매신 건가
더덕밭은 왜 그리 짓는지 몰라
오늘도 혼자 아래 산밭 가신다

바랄 뿐

나이 들어 세월이 선물한 건
주변이 고요해지면 끊임없이
풀벌레 울음소리를 들려주는
이명이란 귀울음 귀울림이다

누구는 그것도 병은 병이라고
풀벌레를 쫓아내야 한다지만
내 안에 살겠다고 들어온 걸
어찌 박절하게 내친단 말인가

가끔은 덕유산 솔바람 소리며
소쩍새 울음소리 개울물 소리
강릉 바닷가 파도 소리에 그대
목소리도 들려주길 바랄 뿐

그리하여

흐르가는 구름을 바라보노라면
무언가 잘못 살아왔다는 느낌

빗소리 바람소리 듣고 있노라면
산다는 게 참 쓸쓸하다는 느낌

풀벌레 소쩍새 소리 듣고 있노라면
누군가 나를 그리워하리라는 느낌

그리하여 내 하찮고 쓸쓸한 삶도
다시 또 아름답고 귀해지는 느낌

조심하고 저어할 일

어떤 태아는 산모가

초음파 촬영 마음만 먹어도

등을 보이고 돌아눕는다고 한다

어떤 풀잎은 농부가

논둑을 깎아야지 생각만 해도

새파란 낯빛으로 눕는다고 한다

조심하고 저어할 일이다

생각 없는 마음먹기 하나로

누군가의 생은 돌아눕기도 한다

차마 여기

태풍에 쓰러져 베어져 나가는
고목을 바라보는 어린나무의
가슴은 얼마나 조마조마할까

예초기 소리에 새파랗게 질린
뿐인 놋 보고 풀냄새 좋아했던
어린 시절의 어리석음이라니

자고 나면 곁에 사람 없더라던
중환자실 작은고모님의 얘기는
차마 여기 다 적지도 못하겠다

개망초는 언제 피는가

등에 업힌 아이 울다 잠들고
배고프다 쏙독새 우는 어스름
밭일 마치고 허위허위 돌아와
텅 빈 마당에 등불 내걸 적에
허기진 그 저녁에 개망초 핀다

한 번 간 사람 다시 소식 없고
이제 찾아오는 이 아무도 없어
묵정밭 되어버린 텅 빈 가슴에
차곡차곡 그리움만 쌓여갈 적
캄캄한 그 저녁에 개망초 핀다

쑥국새에게

쑥만 먹다 죽은 여인 새가 되어
쑥국~ 쑥국~ 서글피 우는 것을

젊어서는 쑥국새 짝을 기다려
애태워 쑥국~ 우는 줄만 알았다

예전에 내 곁에 한껏 울다 가던
쑥국~ 쑥국~ 쑥국새여 미안하다

그대 생각

비 갠 산골 밤은 깊은데
똑 또옥 창밖 낙숫물 소리
방 안엔 시계 소리 째깍째깍

먼 길 고단해 설핏 들었다
깬 잠은 다시 오지 않고
그대 생각 천 리를 오간다

봄날은 이제

가슴으로 수줍게 파고드는 바람

가만가만 옷깃을 적시는 이슬비

조곤조곤 나직이 속삭이는 햇살

꽃 피고 새 우는 날이 봄이라면

저에게 봄은 오직 당신뿐이지요

봄날은 이제 가지 말라고 해요

첫봄 새봄

해마다 봄은 오고 가는 것이지만
연둣빛 어린잎 다시 피워 올리는
저 늙은 느티나무에게 올봄이
첫봄이고 새봄이듯이

연둣빛 속으로 말없이 걸어가는
저 노부부에게 찾아온 올봄도
가슴 설레던 첫사랑처럼
첫봄이고 새봄이었으면

가슴속으로만

창밖엔 늦도록 비 내리고
잠 못 들어 뒤척이는 밤

그대를 품어도 되느냐고
무덤에 가져가도 되냐고

소쩍새 소리는 솟쩍솟쩍
가슴속으로만 파고든다

울기 위하여

어둑해지자 개구리 소리에
마을이 둥둥 떠내려갑니다
밤 깊어 빗소리 가늘어지자
소쩍새 소리 가까워집니다

한세상 오직 울기 위하여
다녀가는 것들이 있습니다
울음소리 하나로 이 세상을
건너가는 것들이 있습니다

까치집

한때 사랑 나누고 깃들었을
어린 새끼 안고 품어주었을
까치집 이제 비어있습니다

내 고향에도 사람은 떠나고
햇살과 비바람만 다녀가는
풀꽃이 주인인 집 있답니다

이제 그만

내 봄날을 가져간 그에게선

여름 지나도록 소식 한번 없다

이제 그만

용서하기로 한다

지금은 나뭇잎 떠나는 가을

가을도 늦가을이지 않은가

나의 가을은

그대 가서는 오지 않는
묵정밭이다 나의 마음은

개망초 피었다 져버린
묵정밭이다 나의 가슴은

풀벌레 소리도 끊겨버린
묵정밭이다 나의 가을은

늦가을 풍경

멀어지던 뒷모습만

눈에 밟힌다

쓸쓸하던 목소리만

귀에 맴돈다

슬퍼 보이던 눈빛만

가슴에 남는다

사랑이여 그대는

언제나 내게

늦가을 풍경이다

아직도

눈에 든 꽃은
길 떠나면 잊혀지고

손에 든 꽃은
금방 시들고 마네

차마 가슴에 들이지도 못해
책갈피에 꽂아 둔 달개비꽃은

아직도 바래지 못한
푸른빛이네

초지진에서

바닷물이 다녀가는 것도
이제 그만 잊어버렸는지
물기 흔적만 남은 갯벌에
누워있는 배를 보았습니다

섬과 섬 사이 그 너머까지
다녀오곤 했을 작은 배는
늦은 오후 햇살을 받으며
바다 내다보고 있었습니다

너무 늙어서 이젠 아무도
눈길 주지 않을 낡은 배가
떠나 버릴까 걱정되었는지
누군가 줄 매어두었습니다

부드럽게

예전에 내 사랑은

어리고 어리석어

포르테 포르테

거칠고 거침없더니

이제 내 사랑은

뒤늦게 철이 들어

안단테 안단테

천천히 산책한다네

귀밑머리 하얘진

내 남은 사랑은

돌체 칸타빌레

부드럽게 노래하리

안내 방송

이번 역은 추억여행으로
바꿔 타실 수 있는
그리움이란 역입니다

옛날로 다녀오고 싶으신 분은
이번 역에서 열차를
바꿔 타시기 바랍니다

혹시 잊고 내리시는
마음은 없는지 다시 한번
살펴보시기 바랍니다

아직도 사랑여행 중이신 분은
열차를 바꿔 타시지 마시고
그대로 앉아 계시기 바랍니다

불꽃놀이팽이처럼

예쁘다고 말해 봐야 아무 소용 없어
선물 사 줘야 손자 손녀가 뽀뽀해 줘
뭐하려고 고생 고생해서 돈을 벌어
다 그런 데 쓰자고 그러는 거 아녀
단돈 천 원밖에 안 해 많이 좀 사 가
나도 자식들하고 밥 먹고 살아야지

대공원행 전철 팽이 파는 아저씨
구구절절 다 옳은 말씀만 하신다
반짝반짝 빛나는 불꽃놀이팽이처럼
아저씨 인생도 잘 돌아갔음 좋겠다